歌集　坂道にて

藤牧　敏猛

Toshitake Fujimaki

文芸社

目次

家族

住み慣れた家を離れて新しく妻と築きし楽しき家庭

暖かき家族の会話飛び交ひし笑顔に絶へぬ家庭目指して

生《あ》れし子に乳ふくますする目差しの笑顔に満つる母親の顔

声あげて笑ふ子供のあどけなさ重き責任肩に食ひ込む

元気よく声あげ泣きて母を呼ぶお腹すひたと訴へしかな

パパパパと頬すり寄する児を懐き肩に食ひ込む親の責任

子供たち家族旅行を楽しみに指折数へ待ちし当日

家族にて山に登りて頂に立ちて日の出を迎へし朝《あした》

嫁ぎゆく娘を前に複雑な気持に揺らぐ胸のうちかな

我がうちに空洞《うつろ》にあきし想ひあり娘《こ》の嫁ぎたる夜《よ》を妻と語らふ

一人またひとり育ちしこの家を発ちゆけるなる新しき門出

玄関に香り漂ひ安らぎを与へてくれる生けられし花

診察の順を待ちゐて午後となり外は時雨れて凩《こがらし》の吹く

死の近き義弟にかけるなき言葉甥をほめれば顔も綻《ほころ》ぶ

大晦日零時をきして新世紀去年《こぞ》との別れ大きな期待

皓々《こうこう》と冴へたる月の明るさに色は見へねど漂ふ香り

孫たちの幸福《しあわせ》願ひ夢にまで出《い》でて気遣ふ今は亡き妻

家中を散らかしはしゃぐ孫たちの帰りてのちの寂しき気持

家中に明るき風を巻き起こしその風乗りて帰る孫たち

子や孫の帰りてのちの静なり相向かひての夕飯《ゆふいひ》を食べ

何の絵か知れねど孫の描きたるを眺めて笑みて老いを忘れり

幼稚園入りて描きし絵を眺め幼きがゆへ笑みのこぼるる

親子連れ楽しく遊ぶ公園に明るき声の絶へず聞こゆる

幸福《しあわせ》を常に願ひて夢枕出でて見守る今は亡き母

命日にそろって墓参線香の煙の中に父母《ちちはは》の顔見ゆ

母を焼く黒き煙の空に這ふ悲しみこらへ空《うつ》ろな眼差し

亡き妻を偲ぶ席にも笑ひありまねし口癖久しきがゆゑ

和やかなやりとりありし亡き妻を偲ぶ席にも笑ひ絶へなし

燃え上がりはかなく消えし迎え火に迷はづ帰れ懐かしき家

日の暮にしきりに鳴きし蜩《ひぐらし》の声を聞きつつ送り火を焚く

集ひゐし人みな去れる喪の家に残る親族語る想ひ出

線香の煙の中に現在《いま》は亡き人の笑顔の浮かびては消ゆ

老いの坂登り下りは見へぬとも手を取り合ひてゆっくり歩む

年老いて避けて通れづ妻介護節々痛む老々介護

難病にかかりし妻の手をとりて何時《いつ》までできる楽しき旅行

デイサービス車を下りてにこやかに家《うち》がいちばんいいといふ妻

二人の娘代《かわ》り代《がわ》りに病院に行きては妻と会話楽しむ

夫《つま》作る食事うましとにっこりと笑みを浮かべて味はひて食べ

線香の煙の中に現在《いま》は亡き妻の笑顔の浮かびては消ゆ

線香の煙の中に笑顔あり声は聞けねど楽しき会話

補陀落《ふだらく》の観音さまの聖地にて微笑み浮かべにこやかな顔
（補陀落とは、インドの南端にあり観世音菩薩が住むという聖地）

朝寝坊亡妻《つま》に起こされ起き出でし声は聞こえど姿は見へぬ

家の中見へぬ姿を追ひ求めあちこち探す我が身なるかな

夫婦《めおと》とは一身同体いふけれど死すは別々寂しかりけり

夫婦《めおと》とははかなく哀しものなりか妻失ひて身に沁みるなり

亡き妻と共に暮らせし我が家にて楽しき思ひ浮かびては消ゆ

アルバム

アルバムに貼られし写真数々の旅の思ひで懐かしきかな

アルバムに詰まりし旅の思ひ出をひもとき語る妻とひととき

抽斗《ひきだし》に仕舞ひし旅の記録かなめくりて浮かぶ楽しき想ひ

草を食む羊のやうに点々と石灰岩のカルスト台地

大自然地底深きに芸術を年月《じかん》をかけてつくりゆくかな

三億と長き年月《としつき》たちし現在《いま》地底深きに芸術のもり

原爆のドーム詰まりし悲惨さの見るに堪へかね酷き傷跡

一つひとつ心を込めた折鶴に願ひとどけとまた一つ折る

里山に群落つくる片栗は地元の人に愛されて咲く

海の気を一杯吸ひて鳥取の砂丘歩みし潮風うけて

廣大なキャンバス描く風紋のまねさへできぬ高き芸術

飛行機は雲また雲の上を行く雪の積りし千歳目指して

休みなく時間《とき》を刻みし時計台変らぬ音色現在《いま》に伝へし

東京の暑さ逃れし北海道負けず劣らず日射しも強き

茅葺きの屋根を支ふる古き軒三層障子の白さ眼にしむ

一片《ひとかた》の遮る雲もなき空に冴へて輝く仲秋の月

陽の恵みたっぷり受けて老木の見事に咲きし滝桜かな

数々の仕掛け作りて欺きし迷路のごとき姫路のお城

生命の息吹聞こゆる原生林ブナの巨木の水を吸ふ音

富士の山明るき裾野長く曳き忍野八海湧き出ずる水

草原の陽は傾きて一面に茜に染まり蜻蛉飛び交ふ

立春を過ぎてなほ降る大雪に蕾も硬く遅れし開花

昼を荒れ春一番のをさまれり冴えたる月に満天の星

古の道を辿《たど》りし石畳過去と未来の夢の通ひ路

神宿る那智の大滝しぶき浴び心もなごみ癒されしかな

古の人も歩みし熊野古道歴史訪ねて我も歩まむ

ひた走る力も強きＳＬの誇りも高き特急ツバメ（Ｃ62）

御召列車や特急ツバメとして東海道本線走る

夢乗せて希望《のぞみ》に向かひ走り行く未来を見据へＥＦ58

過ぎし日の幼き頃の想ひ出を乗せて走りしC56

D51《デゴイチ》の強き力の逞しさ未来につなぐ虹の掛け橋

頂の風

久し振り帰る郷里《くにもと》人の波砂丘狭きと浜松まつり

故郷《ふるさと》を遠く離れて我一人もまれて育つ厳しき社会

想ひ出の多く残りし故郷も時代《とき》の流れに消へし面影

穏やかに波は岸辺に打ち寄せり窓辺に見ゆる浜名湖の朝

山登りひと息つきて見渡せば霧にかすみて富士見ゆるなり

秋晴に月を背にして山登りさやけき富士の影見ゆるかな

雲海の彼方昇りし元日の朝日にそまり輝ける富士

富士の山明るき裾野長く曳き紅くそまりて湖《うみ》に映りし

陽《ひ》に映へて紅く染まりし岩肌を湧き上《あが》りゆく朝霧の見ゆ

美しく影を映せし湖にけだかき富士の雄姿を拝む

夏の富士防寒服に身を包み日の出拝みて祈る幸福《しあわせ》

雲海の彼方昇りし初春の朝日に輝く富士の霊峰

麓深く今を盛りと紅葉《もみぢ》してこの頂は雪の飛び散る

辿り着き振り返り見れば幾つかの峰を過ぎにし頂に立つ

山間《やまあい》をきれいに染めしもみぢ葉の合間をぬひて瀧の落ち行く

一人去りまたひとり来る岩清水鋭気養ひ目指す頂

雪の下春の気配を感じとり芽吹きむかへし数々の花

谷を吹く風も温《ぬく》もり雪解けし春の息吹に咲きし花々

眼にしみる青葉若葉のあわき色春の息吹の高きあしおと

新緑におほはれ山もころもがえ鳥も囀り春をよろこぶ

山間《やまあい》を岩に砕けし水飛沫《しぶき》流れ落ちゆく袋田の瀧

うずたかき落葉踏みしめ登り行く音のみ聞こゆ晩秋の山

心地よき汗かき歩む稜線を爽やか風の吹き抜けしかな

頂に立ちて苦労も忘れ去り輝く峰を眺めいるかな

月の夜を先立ち登る行く君の背《せな》を眼に追ひ我も続きし

雲海の上に連なるアルプスの雄姿を眺め吹き飛ぶ疲れ

いくはりも張られしテント涸沢に登頂を前に養ふ鋭気

鑓穂高三〇〇〇メートル山脈《やまなみ》の広き雲海アルプス銀座

雲海を染めて昇りし陽《ひ》に映へて続く山脈《やまなみ》穂高連峰

亡き友を捜して山に分け入りし険しき岩場影深くして

数多く雪崩によりて削られし岩場険しく拒むクライマー

山脈《やまなみ》の紅く染まりし木々の葉を見事に映すアルプスの池

頂に雪の積もりし山々も麓を染めし木々の紅葉

急峻な尾根を下りて小屋の前草食む鹿の長閑《のどか》な姿

三頭山《みとうさん》南に向かふ笹尾根に黄色き野菊花開きをり

満月や紅色の暈《かさ》濃く淡く星も輝き澄みし夜空に

さくさくと音も軽やかアイゼンのリズムにあはせ頂に立つ

身も心凍付《いてつ》く風に清められ元日むかえ頂に立つ

頂に積もりし雪に柔らかき日射しを注ぎ昇りし朝日
柔らかき日射しのもとにうぐひすの囀り聞こゆ里山の森

西の空塒《ねぐら》に帰る鳥の群羽もそまりし夕焼の空

眼前《まなさき》に動ける霧は高山の花を潤《うるお》すしづくとなれり

山登りくの字くの字と登り行き着きし頂雲海の上

人の影微かな音の響きにも岩穴隠れ渓流の魚《うお》

雪代《ゆきしろ》の冷たき水の流れ込む川を好みて棲みにし岩魚《いわな》
沢深く清く澄みたる水の音落葉踏みしめ釣上り行く

湧き出ずる清水の周り集まりて伸び伸び泳ぐ稚魚の群かな

ゆらゆらと波間漂ふウキ見詰め微かなアタリ釣人ぞ待つ

寄する波目掛けて竿を振り降ろす釣人多し竿の林立

朝早く霞棚引く湖に船を浮かべて釣を楽しむ

天命

歌碑句碑も苔におほはれ判読も思ふにできず苦労しにけり

苔むして文字さへ読めぬ文学碑荒るるにまかせ寂しきかぎり

子規により近代俳句の道開け俳句人口急速に増え

子規により俳句改革進められきずく礎現在《いま》に伝はる

奥深き俳句の極意学ばむと入会するも難しきかな

短歌詠む楽しみもてり老い予防呆《ぼ》けぬためにも長く続けむ

昨日今日明日へと進歩目覚しく行き着く先はいづこなるらむ

ベテランの技術盗みて身に付けむ鬼にも見へし恵比寿にも見へ

忙しき朝のひととき駐輪場客の立場に立ちし対応

挨拶もそこそこ駅に走り行く忙《せわ》しき朝の自転車置場

まだ先と思へし定年我身かな寂しき想ひ日ごと募りし

高き山深き谷底数々の辛苦を越えて迎えし定年

定年を迎えし今年新たなる希望《のぞみ》懐きてスタートに立つ

定年を過ぎて残りし会社にて姿勢保ちていかに務めむ

定年後心に空きし大き穴生甲斐求めいかに過さむ

毎日が日曜なりし定年後趣味に生甲斐見つけ楽しむ

お互に労をねぎらひ定年のその日を迎え妻と語らふ

定年のその日を迎え今までの妻の苦労をねぎらひしかな

定年後共に助けて歩みゆく長き人生二人三脚

末長く妻と二人で助け合い共に手をとり送りし人生

雑草の強きパワーに見習ひて挫けず生きる老後の人生

雑草のやうに生きたしこれからを悔なく送る残された日々

道

独特の雰囲気醸す霊場に立ちて手合はす観世音菩薩

鼻欠けて台座も欠けし石佛の前を通りし激しき車

排気ガスまともに受けて地蔵さま笑みをたたへて街角に立つ

雨風にたたかれ風化石佛の台座も欠けし苔に覆はる

人々の悩み救ひし観世音姿を変えて現るるかな

微笑みを絶へず浮べて人々を悪しき道より救ひし観音

貪《むさぼ》りや怒りに狂ふ心をば諭す改心観世音菩薩

巡礼に旅立つ朝《あした》心地よく天《そら》も晴にし気持爽やか

地蔵菩薩の化身といはれし閻魔王情をかけて見守る修行

黄泉《よみ》の国修行を積みて極楽に旅立つ人を見送る地蔵

（黄泉とは、人の死後にその魂が行くと考えられた所。冥土）

人々の心を照らす法《のり》の華煩悩取りて導く覚り

霊場を巡り歩けし人々の心に宿る観音の愛

三十三身を変化《かえ》救ふ観世音信じて歩む巡礼の道

美しき秩父あの山この川のほとりにありし観音霊場

蝸牛《かたつむり》　通りしあとにくっきりと白く光りし延びゆくレール

山間《やまあい》の道に並びし地蔵さま揃ひの頭巾にこやかな顔

木枯に震へて立ちし地蔵たち人の温もりまぶかき帽子

数多き試練あたへて改心を導き給ふ佛の笑顔

観世音心をこめて拝むもの札所巡りて気持晴やか

慈悲深き観音さまにおすがりし心の悩み断ちし信仰

煩悩に打勝つために数々の工夫をこらし励みし修行
数多き試練乗越え災ひを除きて掴む彼岸への道

秩父路の観音霊場巡りきて爽やか気持洗はれし心

霊場に参りて拝む佛さま心の悩み訴へしかな

林道に並び立ちたる石佛の苔にむしたる愛しき笑顔

慈悲深き観音菩薩の深き愛救ひ給へと鳴りし鈴の音

リンリンと鈴の音聞こゆ秩父路の同行二人菩薩と共に

何処《いづこ》まで清く響けし鈴の音の心に染みる補陀落《ふだらく》の里

山を背に茅葺き屋根を背景に立ちし石佛補陀落《ふだらく》の里

行きもせず帰りもせずに観音の前に佇む寂しき背中

佛さま心をこめて拝むもの優しき笑顔見とれし姿

法《のり》の華カルマ流れし心をば清めて諭す佛の教へ

さまざまな思ひを胸にゆっくりと佛の里を訪ね歩みし

頭欠け台座も欠けし地蔵さま絶へず心に笑顔忘れじ

秩父路の札所巡りて観音と二人三脚同行二人

彩りを添へる季節に遍路道歩む山里秩父の霊場

秩父路の山懐にいだかれし安らぎ求め歩みし霊場

敷石を踏みて歩みし本堂の前より聞こゆ般若心経

盃を頭上に翳《かざ》しユーモアな姿になりて戒《いまし》めるかな

柔らかき秋の日射しの雨上がり蜘蛛の巣光る澄みし水玉

武甲山眺めて歩む巡礼に微笑みおくる路傍の佛

風雪を五体に刻み石佛の欠けし姿で救ふ人々

ありがたや四萬部《しまぶ》の経典多き数塚に納まる佛の教へ
厖大な四萬部《しまぶ》の経典極楽の七色光輝く教へ

によりさま深く愛され人々の厚き信仰願ひし安産
（によりさまとは如意輪観世音菩薩のこと）

谷川の清き水にて禊《みそぎ》する心も身体《からだ》澄みて巡礼

観音の暫し憩ひし補陀落《ふだらく》は清き泉と花の楽園

補陀落《ふだらく》は秩父の札所常泉寺観音出でし清らかな場所

石佛の多き寄進の金昌寺真心こめた信者の願ひ

数多く寄進をされし石佛群願ひ届けと心の叫び

語歌堂《ごかのだう》訪ねて和歌の心得を菩薩の智慧を借りて学びし
和歌を詠む声聞き晴れし心かな観音さまの尊き教へ

あとがき

一九五〇年頃、戦後も少しずつ落ち着きを見せはじめてきました。

その頃、父が自宅で月一回、短歌の歌会《うたかい》を行うようになり、その様子を、襖の陰からいつも見るようになりました。それが私と短歌の出合いでした。

小学生だった私も、そのうち自分でも詠んでみたいと思う気持ちにかられました。最初は、五・七・五・七・七と文字を並べるだけでした。中学生になり、父の本棚から入門書や歌集を持ち出し読むようになり、あらためて短歌の難しさに直面することになりました。

高校生になり、文芸部に入って先生の指導を受け、少しずつ詠むことができるようになりましたが、まだまだ難しいという気持ちは払拭できてはいないようです。

そう、それは、七十を超えた今でも、思っていることです。

それでも、現在もボケ防止のために、細々とながらも短歌づくりを続けています。

私と短歌は、生涯をかけての付き合いとなっていくのでしょう。
いつか、自身の集大成として、短歌をまとめた本を作りたいと思っておりましたが、こうして、なんとかまとめ上げることができました。お力添えをいただきました各方面の方々に深く御礼を申し上げたいと存じます。

藤牧　敏猛

著者プロフィール
藤牧 敏猛（ふじまき としたけ）
1940年２月　静岡県浜松市生まれ。写真会社、大手楽器メーカー、
印刷会社等勤務。

歌集　坂道にて

2017年２月15日　初版第１刷発行

著　者　藤牧 敏猛
発行者　瓜谷 綱延
発行所　株式会社文芸社
〒160-0022 東京都新宿区新宿1－10－1
電話 03-5369-3060（代表）
03-5369-2299（販売）

印刷所　広研印刷株式会社

ISBN978-4-286-17939-1